BIBLIOTECA
Eva Furnari
DO avesso

Amarílis

EVA FURNARI
ilustrações da autora

2ª edição

MODERNA

TEXTO E ILUSTRAÇÕES © EVA FURNARI, 2025
1ª EDIÇÃO, 2013

DIREÇÃO EDITORIAL Maristela Petrili de Almeida Leite

EDIÇÃO DE TEXTO Ana Caroline Eden, Giovanna Di Stasi

COORDENAÇÃO DE EDIÇÃO DE ARTE Camila Fiorenza

PROJETO GRÁFICO Claudia Furnari

DIAGRAMAÇÃO Dagmar Rizzolo

ILUSTRAÇÕES DE CAPA E MIOLO Eva Furnari

COORDENAÇÃO DE REVISÃO Rafael Gustavo Spigel

REVISÃO Nair Hitomi Kayo

COORDENAÇÃO DE *BUREAU* Everton L. de Oliveira

PRÉ-IMPRESSÃO Ricardo Rodrigues, Vitória Sousa

PRODUÇÃO INDUSTRIAL Wendell Monteiro (gerência), Gisely Iácono (coordenação), Fernanda Dias, Renee Figueiredo, Silas Oliveira, Vanessa Siegl (produção), Denise Andrade, Eduardo de Souza, Tatiane B. Dias (PCP)

IMPRESSÃO E ACABAMENTO Vox Gráfica / Lote: 813893 / Cod.: 120013068

Dados Internacionais de Catalogação na Publicação (CIP)
(Câmara Brasileira do Livro, SP, Brasil)

Furnari, Eva
Amarílis / Eva Furnari; ilustrações da autora. – 2. ed. – São Paulo : Santillana Educação, 2025.

ISBN: 978-85-527-3369-0

1. Literatura infantojuvenil I. Título.

25-283982 CDD-028.5

Índices para catálogo sistemático:
1. Literatura infantil 028.5
2. Literatura infantojuvenil 028.5

Cibele Maria Dias - Bibliotecária - CRB-8/9427

EDITORA MODERNA LTDA.
Rua Padre Adelino, 758 – Quarta Parada
São Paulo – SP – Brasil – CEP 03303-904
Vendas e atendimento: Tel. (11) 2790-1300
www.moderna.com.br
2026
Impresso no Brasil

LIVRO FINALISTA 56º JABUTI 2014

LEITURA EM FAMÍLIA
Dicas para ler com as crianças!
http://mod.lk/leituraf

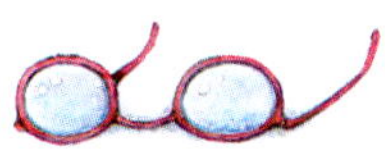

PARA MEUS IRMÃOS

Tiago contou.

– Um, dois, três, quatro, cinco passos.

Deu a volta na escrivaninha do pai e parou diante de uma grande estante de livros. O pai estava viajando. Desta vez tinha ido para um país que ficava na parte de cima do mundo. Tiago sabia o que era o mundo – uma bola redonda igual ao globo da biblioteca, só que maior, muito maior.

O menino deslizou a mão pela madeira da estante, foi até o fim e voltou sentindo as lombadas dos livros uma por uma – finas, grossas, ásperas, lisas, rasgadas –, todas frias.

– Este já foi... este outro também. Este, eu detestei, Lu. Hã... onde estão os livros novos que o papai trouxe daquele lugar que tem neve?

Luisa, sentada no sofá, olhou em volta.

– Estão na escrivaninha. É a pilha alta perto da janela. Não, essa não, a outra...

Entre todos, Tiago escolheu um volume grande com capa lisa e o aproximou do nariz.

– Tem cheiro de livro novo.

Sentou-se ao lado da irmã. Naquele dia ele ia ficar contente de ouvir uma história triste, se possível uma que o fizesse chorar. Não sabia explicar por que, mas gostava de chorar, às vezes, quando o pai demorava a voltar das viagens.

– Vamos começar, Lu?

Luisa pôs os óculos.

– Sim, vamos.

Tiago abriu o volume numa página qualquer e apontou o lado direito. Luisa olhou a imagem grande e colorida e leu embaixo, *Amarílis*.

Ela o folheou e viu que se tratava de um livro com fotos de flores. Ali havia flores de todo tipo: brancas, coloridas, raras e comuns. As fotografadas de perto mostravam belos detalhes, texturas aveludadas, estames carregados de pólen.

A menina voltou para a página da flor chamada Amarílis. A planta tinha um caule grosso e reto, bem esticado, folhas finas e compridas caindo para os lados e, no alto, duas flores de um rosa intenso, uma voltada para a esquerda e outra para a direita.

Percorreu a figura com o olhar preocupado, teria que traduzir a imagem em palavras e dizer a Tiago o que estava vendo.

Era assim que os irmãos costumavam brincar.

Tratava-se de um jogo que eles próprios tinham inventado. As regras eram simples: ele escolhia um livro da estante do pai, apontava a página e ela contava ao irmão o que havia lá. Se fosse escrito, ela lia, se fosse imagem, teria que explicá-la com palavras. Muitas vezes ela inventava histórias para deixar a coisa mais interessante.

Apesar de o jogo não ser fácil, Luisa gostava do desafio. Às vezes, dava certo e às vezes, não. O último tinha sido um desastre. Como explicar as partes inexplicáveis de um motor?

– Onde foi que caiu desta vez, Lu? – quis saber Tiago.

Luisa demorava, não costumava responder na hora. O menino sabia disso e tentava se conter, balançava as pernas inquietas, enrolava e desenrolava a toalhinha de crochê que ficava no braço do sofá.

A menina fazia o possível para não notar esses sinais nervosos, ela precisava de calma para encontrar as palavras certas. Às vezes, o irmão conseguia tirá-la do sério cantando a música dos mortos-vivos, uma melodia irritante com gemidos que pareciam vindos de um cemitério.

Nessas horas ela perdia a paciência, dava-lhe beliscões e, quando ele começava a chorar, ela se arrependia. Afinal, era a irmã mais velha e tinha que cuidar dele.

Depois de se demorar um bom tempo na figura, Luisa começou.

– É um livro com fotos de flores. Você sabe o que é uma foto, né, Ti?

– Sei sim. Foto é um jeito de contar no papel uma coisa que está no mundo de verdade.

– Muito bem, é isso mesmo.

– Pena que o perfume da flor não vem junto na foto.

– Pena mesmo... Bem, na página que você escolheu tem a foto de duas pessoas-flores, duas meninas. Elas são irmãs, são idênticas, uma igualzinha à outra.

– Gêmeas.

– Sim, e, tem uma coisa engraçada, elas têm o mesmo nome: uma se chama Amarílis e a outra também.

– Hum, isso pode dar confusão.

– Pode, mas o problema não é esse, é outro. A foto do livro mostra um momento difícil da vida delas. Um momento em que uma estava virada pra um lado e a outra pro outro.

– Uma de costas pra outra, Lu? Elas estavam de mal?

Luisa ficou calada por um instante.

– Não, elas *não* estavam de mal, a verdade é bem pior – e completou com voz misteriosa. – É que elas *não conseguiam* ficar uma de frente uma pra outra!

– Não conseguiam? Como assim? Por quê?

– Bem, pra você entender, eu preciso antes explicar umas coisas. Primeiro, elas perderam a mãe com três anos de idade. A mãe delas, que era muito, muito, muito boazinha, um dia, teve um troço e, *puf*, morreu.

Tiago enxugou uma lágrima minúscula que escorreu pelo rosto.

– Então – prosseguiu Luisa – o pai, o Senhor Floresbong, contratou uma babá para cuidar das meninas. Por sorte, ela era boazinha como a mãe, mas, por azar, quando as Amarílis tinham cinco anos de idade, a babá teve um troço e, *puf*, também morreu. Igualzinho a mãe.

Tiago lambeu duas grandes lágrimas que escorreram perto da boca.

Luisa prosseguiu.

– Segundo. Elas moravam num lugar especial habitado não só por pessoas-flores, mas também por zunzuns, criaturinhas esquisitas que cantavam e voavam por toda parte.

Tiago começou a cantar agudo e desafinado, fazendo Luisa rir.

– Continuando. Adivinha com o que o Senhor Floresbong trabalhava?

– Ele era bombeiro.

– Não. Ele era professor, dava aula de canto pros zunzuns.

– E ele trabalhava tanto quanto o nosso pai?

– Sim, trabalhava muito, muito mesmo. Ele não tinha tempo de cuidar das filhas e por isso precisava contratar uma nova babá para substituir a antiga que...

– ... *puf*.

– Sim, *puf*. Bem... o pai foi até a agência de empregos. Como as filhas não eram mais bebês, ele resolveu contratar uma governanta em vez de uma babá. A governanta contratada se chamava Malvônia e, assim que ela chegou, as meninas perceberam que tinha alguma coisa estranha no ar. Em volta dela pairava um pozinho amarelo. Um pozinho amarelo que fazia as Amarílis espirrarem.

– Era pólen? Elas tinham alergia a pólen que nem eu, Lu? – perguntou Tiago já coçando o nariz.

– Isso mesmo, Ti, elas eram alérgicas... alérgicas ao pólen da Malvônia.

– Ichi, isso não vai ser nada bom.

– Não, não vai. E tem mais, além do pozinho amarelo, as meninas foram percebendo outras coisas estranhas que as fazia cochicharem entre si. *Nossa, ela é cheia de espinhos! Atchim! Cruzes, ela tem voz de crocodilo! Atchim! Credo, ela cheira a panela queimada! Atchim!*

– Ai, ai, a coisa piorou!

– Sim, as meninas tiveram que tomar muitas doses de xarope antialérgico e dias depois foram falar com o pai. Não tinham gostado da Malvônia. Ela não era boazinha como a mãe ou como a antiga babá. O pai discordou. Disse que ela era boa e que tinha sido muito bem recomendada pela agência de empregos. As meninas ainda não tinham tido tempo de conhecê-la bem.

Tiago enrugou a testa preocupado e Luisa prosseguiu com a história.

– Passou um tempo e chegou o dia do aniversário das Amarílis. Seis anos. O Senhor Floresbong convidou uma porção de gente, comprou uma montanha de brigadeiros e enfeitou a casa com flores de papel. Deu tudo certo. As meninas brincaram, pularam, cantaram e dançaram.

O garoto bateu palmas e Luisa prosseguiu.

– Foi tudo muito bem até que, mais tarde, depois da festa… à meia-noite, quando todos dormiam… alguém entrou silenciosamente no quarto das Amarílis. Alguém que devia estar de pantufas, pois ninguém ouviu o ruído dos passos.

Tiago pôs-se a mastigar a ponta da toalhinha de crochê.

Luisa abaixou o tom de voz e seguiu dramática.

– Alguém entrou no quarto delas. Na mesma hora, as meninas acordaram, sentaram na cama e começaram a espirrar.

– Era a Malvônia!

– Isso mesmo, você acertou, Ti, era ela. E antes mesmo de as Amarílis gritarem, a governanta estendeu seus Estames Mágicos e, *zak-zun*, enfeitiçou as meninas!

Tiago tapou a boca.

– A Malvônia – disse a irmã com voz alterada para aumentar o suspense – fez um feitiço. Desse momento em diante, as Amarílis não conseguiam mais falar. Da boca delas não saía nem mais uma palavrinha de nada, elas emudeceram. E não foi só isso, elas também não conseguiam mais ficar de frente uma para a outra. Só ficavam de costas!

– Mas porque a governanta fez isso?

– Na verdade, ela não era governanta, Ti. Ela mentiu na agência de empregos pra esconder que era uma Flor de Cacto. Ela não gostava de crianças e se irritava porque as Amarílis falavam demais.

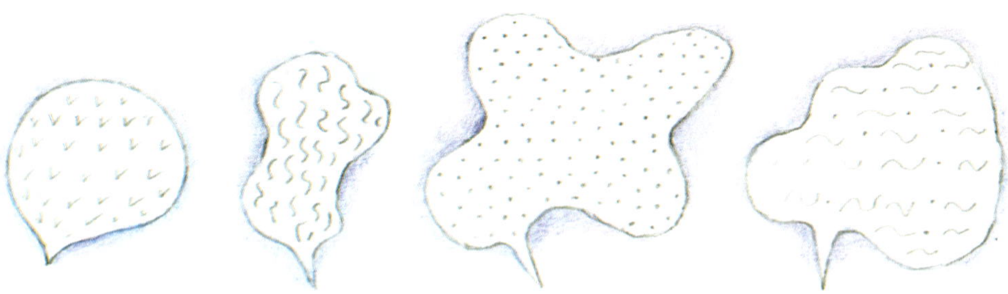

– Ai que medo, Lu. E se a Malvônia aparecer por aqui, ficar irritada que eu falo muito e me enfeitiçar? Já imaginou, eu de costas pra você a vida toda? Eu ia ter que chorar muito!

– Bobagem, Ti, a Malvônia é inventada, não existe de verdade.

– Jura?

– Juro.

Tiago respirou aliviado.

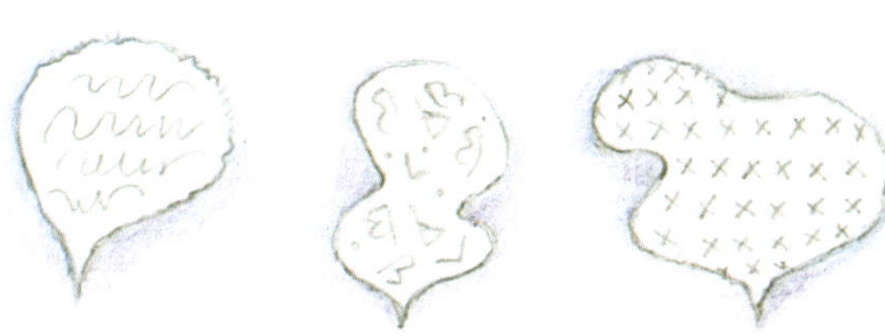

– Bem, o Senhor Floresbong amava muito as filhas e ficou preocupadíssimo achando que elas tinham pegado alguma doença esquisita. Chamou um médico e ele, quando viu aquilo, balançou a cabeça e disse. *Senhor, esse problema não pode ser resolvido pela medicina. Trata-se de um feitiço. O senhor precisa de um feiticeiro.*

– E o pai conhecia algum um feiticeiro?

– Conhecia, claro! Seu próprio bisavô era feiticeiro. Frisgo era o nome do velho bisavô que era muito sábio e morava lá longe, nas montanhas. O Senhor Floresbong mandou uma mensagem para Frisgo e ele, quando soube que as tataranetas estavam em perigo, veio correndo numa carruagem puxada por... por...

– Lesmas voadoras?

Luisa riu.

– Sim, uma carruagem puxada por grandes e lentas lesmas voadoras. Bem, dias e dias se passaram e nada de o feiticeiro Frisgo chegar. O pai esperava aflito e estava tão preocupado com as filhas daquele jeito que nem foi trabalhar. Ficou com elas o tempo todo.

– Ainda bem – comentou Tiago.

– Então, estando em casa, o pai contou histórias, brincou o jogo dos livros, assou biscoitos de canela e até costurou vestidos novos para elas. Vestidos farfalhantes que faziam barulhinho de papel amassado quando elas andavam. Vestidos, Ti, que tinham fitas compridas de pano fininho que balançavam que nem a cortina do teu quarto quando bate vento.

– E tremiam como gelatina?

– Tremiam, mas não eram geladas como gelatina, eram fitas...

– ... quentinhas.

– Isso, como pão que sai da torradeira...

– ... com manteiga?

– Sem manteiga, né, Ti.

– E a Malvônia? O pai expulsou ela da casa?

– Nada. Ele não percebeu que tinha sido ela a fazer o feitiço. Achou que a magia tinha vindo de algum convidado do aniversário.

– Esse pai não era muito esperto...

– Não...

– Mas Lu, tem uma coisa errada nessa história. As meninas viram a Malvônia fazer o feitiço e não avisaram o pai?

– As Amarílis tentaram, mas não conseguiam falar, lembra?

– Mas elas podiam apontar!

– Apontaram, mas o pai não entendeu.

– Ichi, esse pai não era muito inteligente, hein?

– Não, não era. Na verdade, ele também era bem distraído. E sabe o que aconteceu depois? A governanta enfeitiçou as duas de novo!

– Não acredito!

– Pode acreditar. Dessa vez, ela transformou, sabe o quê? Os vestidos. A roupa de uma delas ficou parecendo um pano de chão depois de limpar coisas sujas e fedidas. Além disso, o vestido não fazia mais barulho de papel amassado, cantava a música dos mortos-vivos do cemitério.

Tiago gemeu.

– A roupa da outra Amarílis ficou toda encaroçada. E pior, as fitas dos laços do vestido viraram fiapos de...

– ... de vômito azedo.

Luisa gargalhou e o irmão disse sério:

– Lu, não vai me dizer que o pai era tão distraído que não percebeu o novo feitiço.

Ao ouvir Tiago, a irmã parou de rir. Tinha coisa mal explicada na sua história. Torceu a boca, franziu o nariz e coçou a cabeça até achar um jeito de resolver aquilo.

– Bem, é que dessa vez, a Malvônia não enfeitiçou as meninas, enfeitiçou *a roupa* delas. E o pai ficou achando que os vestidos tinham estragado porque as filhas brincaram na lama. Até deu uma bronca nelas.

– Nossa! Esse pai precisa melhorar muito, hein?

– Precisa mesmo – concordou Luisa, aliviada de ter achado uma solução. – Bem, finalmente, o poderoso Frisgo chegou na carruagem puxada por lesmas voadoras. Ele examinou as gêmeas e, primeiramente, quis saber quem tinha feito aquilo. Esticou as Gavinhas Mágicas da cabeça, desenfeitiçou a voz delas e perguntou. *Meninas, quem fez isso com vocês?* Elas responderam juntas. *A Malvônia*. O pai arregalou os olhos. *A governanta? Tem certeza?* As garotas confirmaram. *Sim, foi a Malvônia*. O pai ficou boquiaberto.

– Ele, pelo menos, pediu desculpas por não ter acreditado nas filhas?

– Sim, pediu desculpas três vezes e, logo em seguida, afastou a Malvônia das filhas. Mandou...

– ... matar a governanta.

– Não, isso não seria certo. Mandou prendê-la na Redoma do Deserto.

– Ah, mas ela tinha poderes mágicos... podia fugir de lá.

– Não, não podia. O Frisgo fez um feitiço, uma grande fogueira cercando a Redoma. Se ela conseguisse atravessar o fogo, ia se transformar. Viraria uma flor boazinha, sem espinhos, cheirando a baunilha, com uma voz tão suave como a da bailarina da sua caixinha de música.

– Ah, que fofura!

– Então, agora, fim. A história acabou.

– Não, não acabou! Quero saber o que aconteceu com as Amarílis!

– Ah, faltou isso, né? Bem, o tataravô esticou de novo as Gavinhas Mágicas e, *pa pum*, desfez o feitiço delas e das roupas. As pequenas Amarílis voltaram a ficar de frente uma pra outra, se abraçaram chorando de felicidade e foram felizes para sempre!

O menino bateu palmas e a irmã despenteou os cabelos.

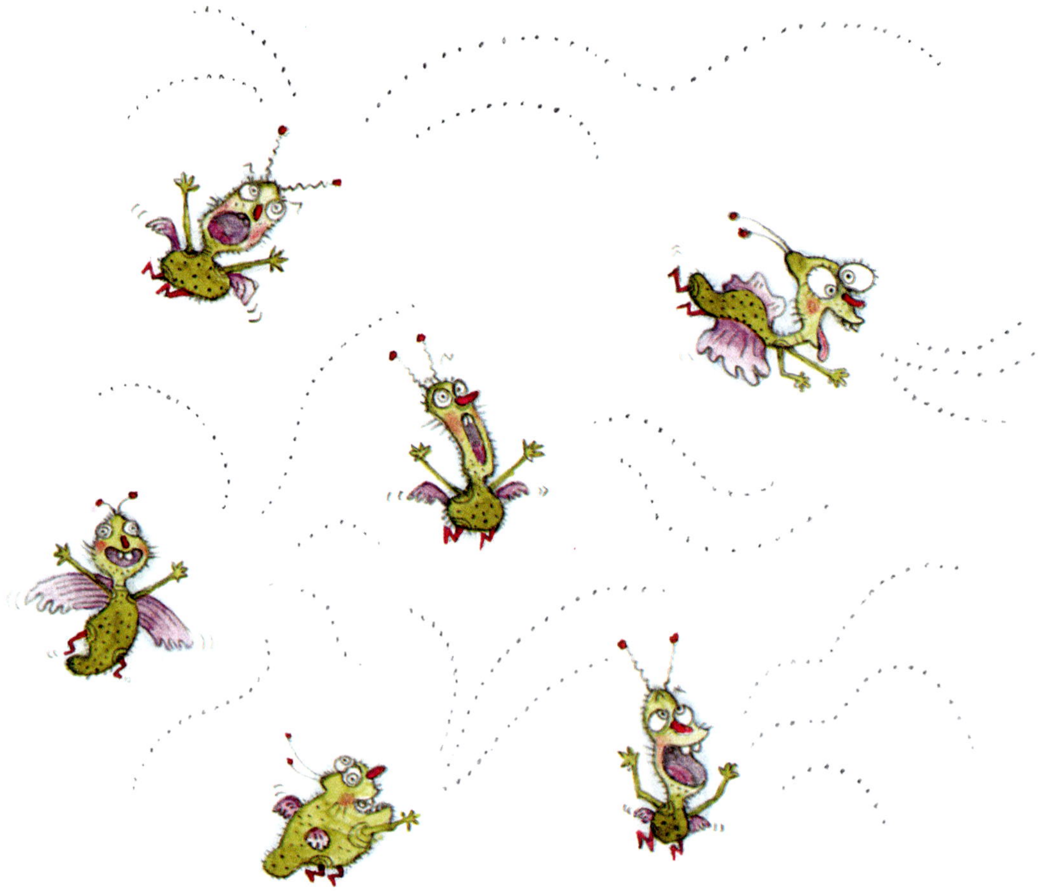

Nesse momento, ouviram o ronco do motor de um carro.

– O papai chegou! – gritaram juntos.

Os dois desceram as escadas correndo cheios de saudades e abraçaram o pai com tanto entusiasmo que ele caiu no chão.

À noite, antes de dormir, Luisa apanhou o caderno que guardava no fundo da gaveta e escreveu a história das Amarílis. Mudou alguns detalhes para deixar o conto mais assustador. A Malvônia ficou mais cruel e quase matou o tataravô num assombroso duelo mágico.

Além disso, por conta dos comentários do Tiago, Luisa mudou o pai. O Senhor Floresbong deixou de ser *tontolão*, ficou mais esperto e virou o herói da história. Derrotou a governanta com a ajuda dos zunzuns, que cantaram com uma vibração tão forte que explodiu os Estames Mágicos da Malvônia. E, por fim, Luisa achou bom fazer o pai trabalhar menos.

Ao terminar, Luisa sorriu orgulhosa de sua criação, achando que a melhor parte eram as coisinhas que tinha inventado para fazer os ouvidos do irmão escutarem como se fossem olhos.

Tiago não enxergava e, por isso, a irmã contava as histórias com sons, cheiros, gosto, texturas, sensações, temperaturas. Tateava para escolher as palavras certas.

O desafio era esse, as palavras deviam brilhar onde havia luz, congelar nas cores frias, ferver nas cores quentes, crescer nos volumes, ter espinhos nas asperezas.

Assim, Luisa ficou íntima das palavras.

Do jogo dos irmãos, nasceu o amor pelas histórias.

E do amor pelas histórias nasceram os livros nos quais ela colocava sempre a mesma dedicatória.

Para Tiago, que iluminou meu caminho.

Fim

ALGUMAS COISINHAS

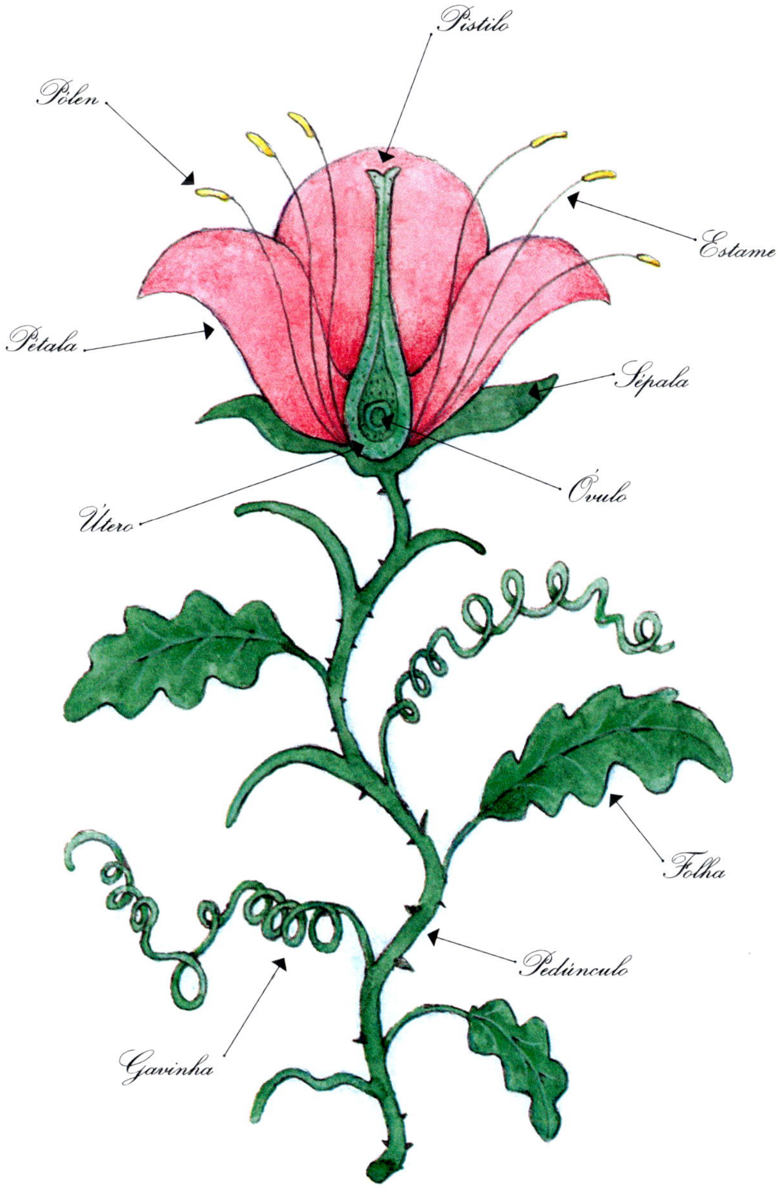

MAIS UMA COISA

O *Amarílis* tem algo de diferente dos livros que costumo escrever. Luisa e Tiago parecem existir na vida real, enquanto os personagens das minhas outras histórias dão a impressão de vir de um mundo inventado.

Vocês, certamente, perceberam que, nesta nova edição do *Amarílis*, eu não ilustrei o lado real da história; ilustrei unicamente o mundo inventado pela irmã. Preferi deixar que cada leitor imaginasse como seriam Tiago, Luisa e o pai.

Uma curiosidade que aconteceu na reescrita deste livro foi que, à medida que Luisa ia criando a narrativa das irmãs Amarílis, Tiago reagia fazendo perguntas que apontavam furos na história, isto é, falava de algo que não o convencia, algo que não lhe parecia correto.

Senti que a maneira de Luisa criar histórias é parecida com a minha. A história que ela conta não nasceu pronta e nem de uma só vez, veio aos poucos, cheia de imperfeições. As minhas também nascem assim. Eu, porém, não tenho a sorte de ter um Tiago ao meu lado me questionando sobre a falta da lógica. E, não tendo ele, me resta ler e reler o texto muitas e muitas vezes e pedir a leitura de outras pessoas para que eu possa perceber e arrumar as pequenas e grandes incoerências que costumam acompanhar as criações.

A história das Amarílis foi escrita em 2013 e reformulada em 2025.

Para informações sobre a autora, consulte o *site* **www.evafurnari.com.br** ou **www.bibliotecaevafurnari.com.br.**